Cuando voy a pasear
al **desierto**

Dana Meachen Rau

Traducido por Aída E. Marcuse

Fotografías Romie Flanagan

THE ROURKE PRESS
Vero Beach, Florida

Para Emily.

—D. M. R.

Gracias a la familia Almeida
por hacer de modelos en este libro.

Fotografías: ©: Flanagan Publishing Services/Romie Flanagan

An Editorial Directions Book

Diseño y producción: Ox and Company

Catalogado en la Biblioteca del Congreso bajo:

Rau, Dana Meachen, 1971-
  Cuando Voy a Pasear al Desierto / Dana Meachen Rau.
    Traducción al español de Visit the Desert / Aída Marcuse
    p. cm. — (Los aventureros)
    Incluye índice.
    Resumen: Las ilustraciones y un texto breve describen
    un paseo por el desierto, la ropa que conviene llevar y
    las cosas que hay para ver y hacer.
  ISBN 1-57103-364-5
  [1.Desiertos–Ficción] I. Título.
  PZ7.R193975 Vi 2000
  [E]—dc21
                                                99-086669

© 2001 The Rourke Press, Inc.

Impreso en Estados Unidos de América

¿Estás preparado para una aventura?

¡Hay muchas cosas para ver y hacer cuando paseas por el desierto!

Crema protectora contra el sol

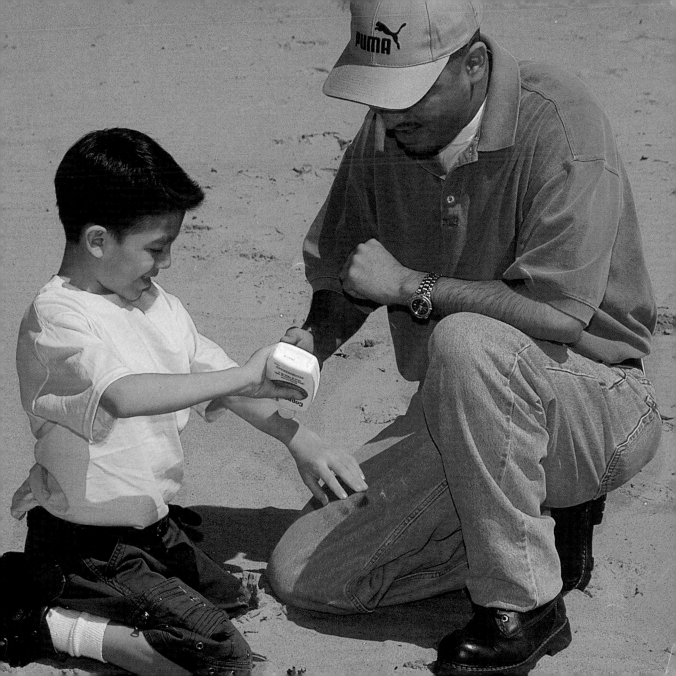

Mi sombrero de aventurero.

Una cantimplora llena de agua.

Esto es lo que *llevo* cuando voy a pasear al desierto.

Sol ardiente.

Dunas de arena.

Cactos espinosos.

Esto es lo que *veo* cuando voy a pasear al desierto:

Echo un vistazo en las madrigueras.

Corro tras un
correcaminos.

Bebo agua.

Esto es lo que *hago* cuando voy a pasear al desierto.

Más información sobre desiertos

Un desierto es un lugar donde apenas llueve. Durante el día, muchos desiertos son muy calurosos. Algunos animales se han adaptado al calor. Algunos animales, como zorros o incluso pájaros excavan túneles para no pasar calor. Existen desiertos en todos los continentes.

Para saber más acerca de nuestro entorno

Libros

Dewey, Jennifer Owings. *A Night and Day in the Desert.* Boston: Little, Brown and Company, 1991.

Wright-Frierson, Virginia. *A Desert Scrapbook.* New York: Simon and Schuster Books for Young Readers, 1996.

Zoehfeld, Kathleen Weidner. *Cactus Cafe: A Story of the Sonoran Desert.* Norwalk, Conn.: Trudy Corporation, 1997.

Sitios Web

The Evergreen Project Adventures
http://mbgnet.mobot.org
Sitio dedicado a la enseñanza del medio ambiente a los niños.

The Living Desert Wildlife and Botanical Park
http://livingdesert.org/home.html
Este sitio está dedicado a la conservación de los desiertos de todo el mundo.

Acerca de la autora

Cuando Dana Meachen Rau era pequeña, a menudo paseaba con su madre por los bosques y se metía en lagunas para buscar los animales que allí vivían. A Dana le encantaba escribir y dibujar lo que veía para no olvidarse de sus aventuras por el campo. En la actualidad, Dana es editora e ilustradora de libros infantiles y es autora de más de treinta libros para niños. Con su marido, Chris, y su hijo, Charlie, corre aventuras en Farmington, Connecticut (EE.UU.).